사랑하니까

사랑하니까

발행일	2019년 11월 5일
지은이	백 대 현
펴낸곳	정기획(Since 1996)
출판등록	2010년 8월 25일(제2012-000003호)
주소	경기도 시흥시 서촌상가4길 14
전화번호	(031)498-8085
팩스	(031)498-8084
홈페이지	cad96.com
이메일	cad96@chol.com
블로그	http://blog.daum.net/cad96

편집/디자인 (주)북랩 김민하
제작처   (주)북랩 www.book.co.kr

ISBN   979-11-953953-9-2 03810(종이책)   979-11-953953-2-3 05810(전자책)

이 도서의 국립중앙도서관 출판예정도서목록(CIP)은 서지정보유통지원시스템 홈페이지(http://seoji.nl.go.kr)와 국가자료공동목록시스템(http://www.nl.go.kr/kolisnet)에서 이용하실 수 있습니다. (CIP제어번호 : CIP2019043559)

백대현 시집 ————

사랑하니까

환희와 쾌락만을
주는 사랑이 아닌
쌉싸름한 사랑의
모든 감정을 느끼며

정기획

시작하면서…

　귀스타브 플로베르(Gustave Flaubert)는, "사랑은 봄에 피는 꽃과 같다. 그래서 메마른 폐허나 오막살이 집일지라도 희망과, 훈훈한 향기를 품게 해준다."라고 했다. 사랑하면 어떤 어려운 상황에 처하더라도 소망과 희망을 갖고 힘차게 전진할 수 있다는 메시지다.

　논어 12편 10장에는 '애지욕기생(愛之慾其生)'이란 말이 있다. '사랑이란, 사랑하는 사람이 제 삶을 온전히 다 살도록 돕는 것이다.'란 뜻으로 사랑하는 사람이 행복하게 살게 하는데 내가 해야 할 역할이나 진정한 사랑은 어떻게 해야 하는지 방법을 가르쳐 주고 있다.

　인간은 남자와 여자가 결합하여 수정되는 그 시점부터, 10개월 동안 어미 배 속에서 숨을 쉬다 크게 소리 한 번 지르고 세상에 나온다.

　세상에 나온 순간부터 어미의 젖과 아비의 보살핌으로 눈을 뜨게 되고 유아기를 벗어나 유치원으로 초등학교, 중·고교, 대학, 직장, 결혼 등 이어지는 생의 순서에도 주위의 한결같은 사랑이 있어야 이룰 수 있는 발달 단계를 거친다.

　사랑이란 단어를 모 시인은, "인간이 만들어낸 단어 중에서 가장 아름다운 단어."라고 했고 '사랑의 어원은 사람이다.'라는 말도 여기에서 유래되었듯이 그만큼 사랑은 인간의 삶과 분리할 수 없는 불가분한 단어임에는 틀림없다.

그러나 아름다운 사랑이 실제 삶에서는 고통도 준다. 날 낳아 준 부모와도, 성장하면서 만나는 지인들과도, 특히 남자와 여자가 만나 불꽃같은 연애 중에도 고통은 따른다.

그래서 괴테(Goethe)는, "사랑도 고통 없는 사랑이 없고 사랑이 시작되면 고통도 시작되며 고통이 없으면 이미 사랑이 아니다."라는 말로 현재 사랑을 이어가는 사람들에게 사랑의 양면성을 던져 주며 마음의 준비를 하게끔 한다.

이 시집의 제목 『사랑하니까』는 플로베르와 괴테의 사랑관과 논어의 애지욕기생 등에서 큰 힌트를 얻었고 글의 대부분은 사랑하려면 모든 것을 감수해야 한다는 동사적 책임과 의무를 담아 썼다.

사랑은, 동전의 양면처럼 즐거움과 행복 등이 그 반대편에 있는 슬픔이나 아픔 등과 공존하며 굴러간다. 미리 마음의 준비를 하고 나가면 사랑하는 사이가 이별보다는 참사랑으로 발전할 수 있다는 것과 설령 이별하는 순간이 오더라도 내일을 기약할 수 있는 희망의 불씨도 가질 수 있다.

사랑은, 봄에 가물가물 피어오르는 아지랑이가 춤을 추듯 시작해서 여름에는 태양처럼 강렬하게 또는 장대비 속에서 눈물을 흘리고, 늦가을에는 허허벌판에서 가슴을 아리는 체험을 하거나 겨울에는 포근한 눈송이 뒤에서 메말라가는 나뭇가지처럼 사계절을 경험하며 수많은 감정과 기분을 경험하며 그 의미를 찾아가는 싸움이요 삶이다.

이 졸작을 통해 작은 소망이 있다면, 오늘도 사랑하고 있는 사람들은 사랑이 기쁨도 주지만 기쁨만큼 때로는 고통도 함께 한다는 것을 먼저 가슴에 담고 단 한 번뿐인 나의 생 동안 수채화를 그리듯 사랑도 해나갔으면 좋겠다.

일터에서 백대현

차례

사랑과
고통

'사랑도 고통 없는 사랑이 없고 사랑이 시작되면
고통도 시작되며 고통이 없으면 이미 사랑이 아니다.'

— 괴테 *Goethe* —

그대만

내 눈이 미쳤다
봐도 또 봐도
똑같은 얼굴만 본다

내 눈이
그대만 본다

내 맘이 미쳤다
닫고 또 닫아도
열리고 또 열린다

내 맘이
그대만 향한다

그녀를 사랑한다 1

그곳에 갔다
가고 싶어서 간 게 아니라
본 적 없는 마술사가
내 등을 밀었다

그곳에서 돌아왔다
돌아오는 길은
열여섯 소년이었다
소년의 가슴 창고는
그녀의 향기로
가득 담겼다

그날 이후 취해 산다
그녀의 향기는
하얀 백합이다
그녀의 향기는
달콤한 솜사탕이다

그녀의 향기는
하루 이십사 시간
내 핏줄을 순환한다

그녀의 향기는
사랑이었다
그녀를 사랑한다

사랑하는 여자를 굳세게 보호할 수 있는 자만이 사랑하는 그 여자의 사랑을
받을 가치가 있다.
_ 괴테

그녀를 사랑한다 2

시작은 하나였다
두 걸음 옮기고 갈라졌다

생의 반을 각자 살았다
서로의 왼발이 걸렸다

감고 있던 눈동자에
불꽃이 활활 타올랐다

닫혔던 가슴에
한 송이 장미가 쑥쑥 자랐다

매일매일 장미에게
달콤한 생수를 선물했다

커피 잔 속에 장미가 있다
장미가 방긋 웃는다

나를 찾아주어서 너를 만나서
고맙고 행복하다고 했다

우리 사이가 다시 시작되어서
하루하루 꿈길을 걷는다고 했다

커피 잔을 들고
장미에게 키스했다

시작했던 우리 사이는
인생 반 에움길을 돌아
다시 하나가 되었다
그녀를 사랑한다

만약에 내가 사랑이 무엇인지 안다면 그것은 당신 때문이다.
_ 헤르만 헤세

그녀를 사랑하는 이유다

눈으로 셀 수 없는
수천 수억 개의 진주가
숨이 차도록
달음박질한다
단 하나만이
이미 준비된 진주와
결합한다

하나가 된 진주는
또 다른 진주를 만나
새끼 진주를 만들고
그 진주는
때맞춰 세상에 나와서
또 다른 진주를
만난다

기적이다
때에 맞춰 나온 것도
다른 빛을 가진
진주를 만난 것도
각기 살아온 과거를
공유하는 것도
기적이다
사랑이다

그녀는 나만의 하얀 진주다
그녀를 만난 건 기적이다
그녀를 사랑하는 이유다

구해서 얻는 사랑은 좋다. 구하지 않았는데 얻는 사랑은 더욱 좋다.
_ 셰익스피어

그대의 사랑은

그대의 따뜻한 눈빛은,
잠에서 깨지 못했던
나의 눈꺼풀을 열게 한 코스모스다

그대의 이가 드러난 미소는,
세상에 빠진 나에게
기대와 희망을 듬뿍 안긴 개나리다

그대의 낭랑한 목소리는,
어두운 골목길에서 서성이던
나를 불러 준 유채꽃이다

그대의 하늘거리는 몸짓은,
없을 거 같았던 나의 사랑에
다시 불을 지핀 장미다

그대의 사려있는 배려는,
고목처럼 굳어진
나의 몸을 활짝 열게 한 목련이다

그대의 사랑은,
메마르고 방황하던
나의 영혼을 다시 살린 민들레다

중요한 것은 사랑을 받는 것이 아니라 사랑을 하는 것이었다.

_ 서머셋

내 님이 필요하다

해가 뉘엿거리는 올레길을
심술궂은 돌부리가 있어서
늙은 개미 걸음으로 걷는다

나뭇가지들이 장난스럽게
휘익휘익 휘파람 소리를 낸다

하얀 구름이
잿빛으로 변하고
금방 토할 듯 얼굴을 찌푸린다

앞으로 가도 돌아가도
억센 비바람은 시린 가슴에 닿을 거다

내 님이 있었으면 좋겠다
내 님이 필요하다

마파람이 된바람이 된다 해도
여우비가 장마가 된다 해도
내 님과 함께 있으면
흑풍 폭우가 닥쳐도 하찮은 것이리라
내 님이 옆에 있었으면 좋겠다

사랑하는 사람이

홀로 있으면,

최고 비싼 스테이크를 입에 넣어도
육질이 텁텁하다

명품 양복을 입고 걸어도
팔다리가 흐느적거린다

칠성급 호텔 침대에 누워도
허리가 불편하다

사랑하는 사람이
옆에 있으면,

일천 원짜리 컵라면도
침이 꼴깍꼴깍 넘어간다

삼 년 된 이월 상품 티셔츠를 입어도
눈에 광채가 난다

구린내 진동하는 골방에 누워도
하늘에서 춤을 추는 꿈을 꾼다

사랑하는 사람이
얼른 돌아왔으면 좋겠다

사랑의 힘은 사랑을 몸소 경험해 볼 때가 아니면 알 수 없다.
_ 아베 플레보

사랑하는 이가
하루살이 1

호젓한 산길을 걷다
몸과 마음이 울적하여
늙은 나무 벤치에 앉았다

지나가던 하루살이가
슬그머니 팔등에 앉았다

왜 눈물을 글썽이고 있냐고
나지막한 목소리로 물었다

여행 간 사랑하는 님이
보고 싶어 울고 싶다고 했다

나는 평생 사랑했던 이를
지금 막 천국 열차에 태워 보내고
돌아오는 중이라고 했다

사랑하는 이가 살아 있어서
잠시 헤어졌다
다시 볼 수 있다는 건
슬픔이 아니라
기쁨이요 행복이라고 했다

다리 근육이 불끈 살아나
두 팔을 흔들었다

하루살이가 내 눈물을 안고
사라졌다

사랑에 의한 상처는 더 많이 사랑함으로써 치유된다.
_ 헨리 데이비드 소로우

사랑이 시작되면
하루살이 2

님이 호랑나비를 타고
다른 꽃밭으로 여행을 떠났다

님이 없는 이 꽃밭은
적막한 지하창고다

하루살이 연인이
꽃잎에 끼어있다

수컷이, 힘없이 울고 있는
암컷에게 말했다.

괴테가,
사랑이 시작되면
고통도 함께 시작된다
그래서 고통 없는 사랑도 없고
고통이 없으면 사랑이 아니란다
사랑은 기쁨도 주지만
그 기쁨만큼 기다리는 고통도
보내야 하는 고통도 따르니
그게 사랑이다

눈감은 암컷의 얼굴 위로
수컷의 피눈물이 흘러내린다

꽃잎 사이를 벌려 주었다
수컷이 암컷을 부둥켜안고
내게 말했다

"있을 때 잘해, 나처럼 후회하지 말고..."

사랑이란 한 남자가 한 여자에게서만 만족을 얻으려는 노력이다.
_ 폴 제라르니

그녀를 위해

늦가을 들판 같은
무대 위.
청객 하나 없이
애틋한 사랑 노래
부른다

보이지 않는 그녀를 위해
앙코르를 반복하고
또 반복하고
입술의 힘이 다해
지쳐 풀썩 주저앉으면
눈까지 감겨

토다악토다악…
네 살 계집아이가
자기 새끼 엉덩이에
회초리 갖다 대는
그 표정 그 소리처럼
비가 콘크리트 지붕 위에서
살짝 튕겨 오른다

보고 싶어서
손잡고 싶어서
벌떡 일어나
목젖을 애무한다
그녀를 위해…

사랑은 약속이며, 사랑은 주어지면 결코 잊을 수도 사라지지도 않는 선물이다.
_ 존 레논

사랑하면

돌아오는 길
비가 주룩주룩 내려
엉킨 가슴 흠뻑 적신다

사랑하면
고독과 외로움이
사그라진다 하여
한 살 박이 젖 먹던 힘까지 내었건만
새가슴은 고독과 외로움으로
비만이 되어간다

돌아오는 길
하늘에서 쇠 방망이 내려와
영혼을 때린다

고독과 외로움은
참을 알게 해주는 지혜요
보석보다 나은 감사거리다

고독과 외로움이
커지는 게 사랑이고 삶이요
사그라지는 게 이별이고 죽음이다

돌아오는 길
이슬비가 작달비가 된다 해도
노란 사랑초 마음이다

사랑의 고통은 다른 어떠한 즐거움보다 달콤하다.
_ 존 드라이든

그게 사랑이다

기다리면 된다
밥도 먹고
커피도 마시면서
기다리면 된다

생각이 눈을 감고
마음이 잠을 자면
내 님은 때론
바람이 된다

기다리면 된다
생각과 마음이 깨어서
기다리면 온다
바람이 오듯
내 님이 온다

바람이 오면
비도 오고 눈도 따라온다
비도 눈도 기다리면
멈추고 녹는다

내 님은 여전히 나를 보고
방긋 웃는다
그게 사랑이다

사랑받고 싶다면 사랑하라, 그리고 사랑스럽게 행동하라
_ 벤자민 프랭클린

사랑해요

바람이
바다 한복판에서 온종일 빙빙 돌다
살그머니 왔다

두 손바닥으로 고이 안아
가슴 한편에 숨기고
얼른 자물쇠로 잠갔다

바람이 밤이 되자
자물쇠를 만지작거린다

바람이 열쇠를 찾을까 봐
가슴이 이리저리 흔들린다

열쇠를 꽉 쥔 가슴에게
바람이 말했다

낮에 들어오고
밤에 나가는 게
사랑이라고 했다

열쇠를 숨기면
숨이 멎게 돼서
사랑할 수 없다고 했다

바람이,
눈물이 글썽이는 가슴을
포근히 안아주며
속삭였다

"내일 또 봐요, 사랑해요……."

사랑은 자신 이외에 다른 것도 존재한다는 사실을 어렵사리 깨닫는 것이다.
_ 아이리스 머독

내 님

새벽녘이 코앞인데
검은 비 멈추질 않아

검은 비 울음소리로
밤새 눈을 감지 못했어

검은 비 그치고
해가 뜨길 기다려

해가 방긋해야
내 님도 볼 수 있어

내 님이 보고 싶어
지금이라도 눈꺼풀 힘주어

눈꺼풀 위로
내 님의 얼굴 보이고

눈꺼풀 위로
여전히 검은 비 떨어지고

검은 비는
내 눈물이었던 거야

가장 끔찍한 빈곤은 외로움과 사랑받지 못한다는 느낌이다.
_ 마더 테레사

사랑하는 사이는

사랑하는 사람이
노란 튤립처럼 앉아 있으면
나도 덩달아 웃습니다

사랑하는 사이는
맘이 하나이기에
기쁨도 함께 합니다

사랑하는 사람이
넘어져 상처가 아리면
나도 따라 찌푸립니다

사랑하는 사이는
몸도 하나이기에
고통도 함께 합니다

해와 달이 뜨고 져도
비와 눈이 오락가락해도
사랑하는 사이는
함께 해야 합니다
함께 하는 게 사랑입니다

사랑하는 사이는
시작부터 맘과 몸이
하나입니다
함께 하는 게 사랑입니다

미숙한 사랑은 당신이 필요해서 당신을 사랑한다고 하지만 성숙한 사랑은 사
랑하니까 당신이 필요하다고 한다.
_ 윈스턴 처칠

사랑이 되어

봄날 너울대는 파도 위에
조개껍질이 던져질 때마다
파도가 퐁당퐁당 노래합니다

봄날 강렬한 햇빛으로
온 대지가 달궈지면
아지랑이가 살랑살랑 춤을 춥니다

봄날 꽃들이 화장을 하고
서로 시새움하면
눈을 돌려 허공을 바라봅니다

봄날 푸른 이파리 무성한 나무 아래 있으면
바람이 사랑이 되어
가슴에 노크 없이 들어와 앉습니다

봄날 아침마다 거울 앞에 서면
윙크가 이미 거울 속에 있어서
따뜻한 미소로 응답합니다

봄날 시간마다 만나면
원피스로 살짝 가린 아리따움에
온몸이 달아올라 애써 눈을 돌립니다

봄날 이번 봄날은
가슴 밑바닥에서 잠자던 사랑이
기지개를 켰습니다
봄날 이렇게 내 님이 왔습니다

사랑에는 세 종류가 있다. 첫째 아름다운 사랑, 둘째 헌신적인 사랑, 셋째 활동
적인 사랑.

_ 톨스토이

보고 싶어요 사랑해요

님은 이른 새벽마다
눈부신 햇살로 인사하지요

님은 깊은 밤마다
꿈속에서 꽃길을 걷게 하지요

님에 의해 길들어진 삶은
님의 손을 한순간도 놓을 수 없어요

이틀이란 긴 시간 동안
님의 그림자를 볼 수 없어요

온종일
햇살도 꽃길도 걸을 수 없는 거지요

시림과 아림으로
파도가 너울대는 바다를 찾아요

바다를 빙빙 돌던 갈매기가
기다리고 있었나 봐요

입에 물었던 소식을
손에 꼭 쥐어 주고 가네요

님이 보낸 그리움을 듬뿍 담은 편지에요
'보고 싶어요 사랑해요'

절실함을 담아 답장을 써요
'보고 싶어요 사랑해요'

저 갈매기는 이맘을
님의 손에 꼭 쥐어 줄 거라고 믿어요

사랑이란 서로 마주 보는 것이 아니라, 둘이서 똑같은 방향을 내다보는 것이다.
_ 생텍쥐페리

내일로 우리 사랑을

눈을 뜰 때마다
그대는 빨간 튤립 미소로
인사를 건네요

식사를 할 때마다
그대는 상큼한 오이소박이를
넣어주네요

일을 할 때도
누군가를 만날 때도
그대는
내 몸과 생각 속에
민트 향기가 되어
온종일 함께 하지요

일과를 마치고
잠옷을 갈아입으면
그대는 옷깃을 잡아요
그리고 수줍은 앵두 입술로
더 사랑하자고
내일로 우리 사랑을
미루지 말자고 속삭이네요

사랑하는 넘 1

헝클어진 머리카락을
곱게 내리고요

피로했던 얼굴은
파운데이션으로 생기를 찾아요

부르튼 입술에
분홍빛 립스틱 바르고요

나의 벗 거울에게
하늘거리는 미소를 건네며
마무리하지요

세상의 단 하나뿐인
소중한 나를 위한
시간이었어요

오늘부턴 달라졌어요
이런 나의 시간
사랑하는 님과
이젠 나눌래요
나의 일부니깐……

사랑하는 님 2

햇살이 따사로운 봄날,
숲길에 나 있는 수목들의 자태보다
사랑하는 님이 주인공입니다

모래사장에 앉아
파도의 노래를 들을 때보다
사랑하는 님의 음성이 더 청량합니다

사랑하는 님과
각기 고유의 멋을 가진 자연에서
아름다움을 만끽할 수 있는 것은
자연의 힘이라기보다
사랑하는 사이만이 공감하는
형용할 수 없는 감정 때문입니다

사랑한다는 말은
수목이나 모래만큼 흔한 말입니다
그러나 사랑하는 님은
오직 하나뿐입니다

그래서 오직 하나뿐인 님에게
사랑을 고백하는 것은
님만을 바라보는 감정이
우선되어야 합니다

사랑하는 님이 있다면
오직 하나뿐인 님에게
내일로 미루지 마시고 바로 지금,
진솔한 감정 표현을, 최고의 행복을
전하고 나누세요

사랑하는 것은 천국을 살짝 엿보는 것이다.
_ 카렌 선드

더 사랑해 달라고

이렇게 비가 내리면
내 님의 부드러운 미소가
더 보고 싶어요

이렇게 비가 내리면
내 님의 그윽한 눈길이
더 그리워요

이렇게 비가 내리면
내 님의 따뜻한 말 한마디가
더 절실해요

이렇게 비가 내리면
내 님의 부드러운 손길을
더 느끼고 싶어요

이렇게 비가 내리면
내 님의 심장으로
더 깊숙이 들어가고 싶어요

이렇게 비가 내리면
내 님의 기다림에
더 가깝게 가고 싶어요

이렇게 비가 내리면
내 님에게 달려가 안겨서
말할래요
사랑한다고……
더 사랑해 달라고…….

진정한 사랑은 자고로 순탄하지 않다.
_ 셰익스피어

사랑하면 돼요

어찌 님의 슬픔을
나눌 수 있을까요

어찌 님의 외로움을
가져갈 수 있을까요

어찌 님의 우울함을
위로할 수 있을까요

어찌 님의 아픔을
대신할 수 있을까요

어찌 님의 답답함을
시원하게 할 수 있을까요

어찌 님의 지침을
회복시킬 수 있을까요

님아,
파란 하늘에서 뛰노는 바람 소리를
들어보세요

님아,
길거리 이름 모를 꽃잎들의 속삭임을
들어보세요

님아,
가슴으로 응원하는 저의 사랑이
있잖아요

님아,
사랑하면 돼요
그럼 되는 거예요

사랑이란 자기희생이다. 이것은 우연에 의존하지 않는 유일한 행복이다.
_ 톨스토이

그대는 1

그대를 알기 전에는
봄비는 잠시 내리다 사라지는
봄비였습니다.

그대를 알기 전에는
파도는 세 번 너울대다 사라지는
파도였습니다.

그대를 알기 전에는
꽃은 한 계절 피었다가 사라지는
꽃이었습니다

그대의 얼굴을 처음 본 순간
봄비는 알알이
영롱한 진주가 되었습니다

그대의 마음을 받고는
파도는 심장을 뛰게 하는
감미로운 멜로디가 되었습니다

그대와 키스를 하고는
꽃은 온 정성을 다해 가꿔야 하는
빨간 장미가 되었습니다.

그대는
나의 사랑입니다
나의 전부입니다

강력한 사랑은 판단하지 않는다. 주기만 할 뿐이다.
_ 마더 테레사

그대는 2

그대를 떠올릴 때마다
하얀 구름 위에서
덩실덩실 춤을 춘다

그대가 잠시라도
소식이 없으면
까치 소리도 지겨워진다

그대와 때로 떨어져 있으면
소나기가 지나갔어도
눈물을 흘린다

그대가 예고 없이
내 눈동자에 들어오면
쥐고 있던 펜을 떨어트린다

하루 이십사 시간
그대가 내 안에 있다
그대는 나의 전부다
나도 그대의 전부가
되고 싶다

그대를 사랑하나 봐요

가슴 뒤에서
깊은 잠을 자던 얼음이
노란 복수초로 얼굴을 내미네요

가슴 뒤에서
꼼짝달싹 않던 칼바람이
아지랑이처럼 춤을 추네요

가슴 뒤에서
그림자로 머물던 그대가
보름달로 휘영청 떠올랐어요

가슴 뒤에서
오랜 시간 이름을 잃었던 사랑이
제 이름을 찾았어요

가슴이,
두어 걸음도 거부하던 가슴이
이제 매일매일 숨이 차도록
뜀박질을 하네요
그대를 사랑하나 봐요

그대와의 사랑은

그대의 눈빛은
이른 봄에 살그머니 다가온
실바람이어요

그대의 미소는
가녀린 입술로 꿀 사탕을 물고 있는
하얀 목련 망울이어요

그대의 음성은
밀려 들어와 철썩철썩 노래하는
파랑 파도여요

그대의 몸짓은
하늘을 벗 삼아 춤을 추는
분홍 코스모스에요

그대의 마음은
겹겹이 쌓인 혼탁한 마음을
사랑이라는 생수로
청결하게 해주어요

그대와의 사랑은
천연진주와
바꾸지 않을 거예요

그대와의 사랑은
모래가 녹아 먼지가 된다 해도
멈추지 않을 거예요

나는 한 가지 책임만 아는데 그것은 사랑하는 것이다.
_ 알베르 카뮈

그대가 1

한참을 울었어요
그대가
보고 싶어서

한참을 울었어요
사랑하는데 이 몸과 맘을 다해 사랑하는데
그런 나를 보여 줄 수 없어서

언젠가 오리라는 나의 사랑이
지금 내 앞에 있는데
그대와 함께 하지 못해요

또 울 거예요
그대가 나를 봐줄 때까지
여기서 눈물을 흘릴 거예요

이 눈물이
흘러
나의 사랑에 닿기를
바래요

이 눈물이 말라서
나의 사랑에 닿지 않을까 봐서
나는 울음을 멈추지
않을 거예요

사려분별이 있는 사랑을 하려는 따위의 남자는, 사랑에 대해서 손톱만큼도 알고 있지 못하다는 증거이다.
_ A. 콩트

그대가 2

내 안에 그대가 있는데
그런 그대를
가질 수 없어요

항상 여기 있는데
손이 닿지 않아 슬퍼요

비가 내리면
우산이 되고 싶고
바람이 불면
웃옷을 벗어 입혀 주고픈 데

고작 해줄 수 있는 건,
시린 맘 보여주지 않으려고
당당한 미소만
주는 것뿐이에요

어느 날은
아무것도 해주지 못하는
바보 같은 제가
부담스럽데요
함께 있음이 불편하데요

사랑하는 사이에선
전혀 어울리지 않는 말들이죠

알아요
사랑한다 해서
다 가질 수 없다는 거

알아요
그토록 아름답던 사랑도
뼈가 시리도록 아픈
슬픈 사랑으로 변모되는 거

알면서도
돌아서지 못하고
그대의 먼발치서
서성거리는 거

비록 그대에게
사랑을 받지 못하더라도
사랑할 수 있게
이 세상에 존재해 주는 거

그래서 고마워요
그래서 사랑해요

사랑이어요

파아란 하늘에서 보면
잉크 한 방울이어요

잠잠한 바다에서 보면
모래 한 알이어요

커다란 둥근 쟁반에서 보면
골짜기에서 불다 사라질 바람이어요

잉크 한 방울이
모래 한 알이
솔솔 불던 실바람이
장대비를 만나요
그대를 만나요

기적이어요
사랑이어요

사랑인 거예요

핑크 실크는
아주 작은 구멍들이 있어
땀을 흘려보내요

화이트 실크는
현미경으로 보면
온통 울퉁불퉁 비포장도로 같아요

블루 실크는
안개비에도
꼭 우산이 필요하지요

사랑은,
실크로드에서
그대와 새끼손가락 걸고
한 걸음씩 천천히 나가는 거지요

걷다 지쳐 그늘 아래 앉으면
손수건으로 땀을 닦아줘요

감정이 어둠 속으로 빠지면
두 팔로 안아줘요

세상일로 파도가 치면
마음으로 함께 울어요

그게 사랑하는 거예요
사랑인 거예요

사랑은 내게 질문하지 않으며, 다만 끝없는 지지를 준다
_ 셰익스피어

사랑을 하고 싶어요

비가 내리면
내 눈은 빗속에 숨겨진
사랑이 보여요

비가 내리면
내 가슴은
사랑을 시작해요

비가 그치기라도 하면
나는 철렁해요

비가 그치면
희미해지는 사라지려는
사랑 때문에 무서워요

고개를 숙이고
눈물로 기도해요

비가 멈추지 않게 해달라고
내게 비를 빼앗지 말아 달라고

나는, 불꽃 같은 사랑보단
비와 같은 사랑이
좋아요

활활 타다가 영원히 사라지는
불꽃 같은 사랑보단
내 가슴에 촉촉이 스며질 수 있는
비와 같은 사랑이
좋아요

비와 같은 사랑을
하고 싶어요

사랑에는 항상 광기가 존재한다. 그러나 광기에는 항상 이유가 존재한다.
_ 프레드리히 니체

내 님이 밉습니다

오늘처럼
비가 주룩주룩 내리면
사랑하는 내 님이 어제보다
더욱 그리워집니다

내리는 비만큼
내 님을 향한 마음은
점점 커집니다

사랑하는 내 님은
저 비가 보이지 않는가 봅니다
사랑하는 내 님은
제가 보고 싶지도 않은가 봅니다

비가 싫어집니다
비만 보면 내 님을 향한 마음을
가눌 길이 없기 때문입니다
아마 이런 맘을
내 님은 모르시나 봅니다

내리는 비만큼
내 님이 미워집니다
이토록 오랜 시간을
저를 홀로 놔두고도
잘 사는 내 님이
밉습니다

저 지금
비가 그치길 두 손 모아
빌고 있습니다
저 비가 그치면
내 님을 향한 마음을 조금이나마
지울 수 있기 때문입니다

세상에서 가장 아름답고 최고의 것은 보거나 만질 수 없다. 가슴으로 느껴져
야만 한다.

_ 헬렌 켈러

당신은 계십니다

제가 어떻게 느끼든
당신은 계십니다

저와 당신의 거리는
제가 어떻게 느끼느냐에 따라
달라졌을 뿐입니다

제가 가졌던 침묵의 시간은
저와 당신의 거리를
멀어지게 했습니다

저의 침묵으로
당신과의 거리는 멀어졌지만
당신은 여전히 그 자리에
계십니다

제가 침묵을 깨고
당신에게 향해도
당신은 제자리에 계실 거라고
침묵하고 있었던
그 긴 시간 동안에도
저는 믿었습니다

이 비가 그치면

어제부터 내린 비가
그치질 않아요

비가
내게 오려던 님의 마음을
바꾸었나 봐요

아무리 기다려도
소식이 없고
옆에 말없이 앉아 있는
핸드폰만 원망해요

님도 핸드폰도
이 비가 그치면
움직이려나…

사랑하고 있다면

지금 사랑하고 있다면
내 중심을 버리세요

나를 먼저 생각한다면
사랑이 아니에요

지금 사랑하고 있다면
내가 먼저 변하세요

내가 변하지 않고
내 님이 변하기를 기대한다면
사랑이 아니에요

지금 사랑하고 있다면
내가 먼저 연락하세요

사랑은 순위를 두고
힘겨루기하는 게 아니에요

지금 사랑하고 있다면
내가 무조건 지세요

사랑은 지고 이기는
승부 게임이 아니에요

우리는 오로지 사랑을 함으로써 사랑을 배울 수 있다.
_ 아이리스 머독

그대의 미소

너무 멀어서 보일 듯 말 듯 한
그대의 미소는
내가 안타깝게 서 있는
이 언덕까지
도무지 닿질 않아요
가까이 있으면

새가슴은 계속 아쉬워하고
순진한 눈은 방황의 연속이고
그대의 진심을 알 수만 있다면

지금 같은 밤이면
더욱 그리워지고
꿈에서까지
그대의 이름을 찾는데
그대는 긴 밤을 슬피 우는
짝사랑 심정을 이해하나요

텔레비전 속의 사랑 드라마나
영화 내 연인들의 속삭임을 보고
달나라 인간만의 고유인 줄 알았는데
지금은 후회하고 있어요
그들을 존경해요

나의 애틋한 눈은
그대를 향해 불타는데
이 밤은 점점 깊어 가고
또 내일로 애타는 전보를
미뤄야 할까요

지혜로운 자는 사랑하고, 그렇지 않은 자들은 탐한다.
_ 아프라니우스

같이 있고 싶어

같이 있고 싶어
이 밤이 꼬박 지나 새벽이 온다 해도
당신과 같이 있고 싶어

터질 거 같아
이 가슴에 채워진 당신의 기억으로
이 밤이 가기도 전에
터져 버릴 거 같아

같이 있고 싶은데
가슴이 터질 거 같은데
보고픔에 눈물이 줄줄 흘러내리는데
왜 당신과 나는
저 하늘을 두고
서로 시려해야 하는 건지

당신은 말했어
사랑은 내 미소로
사랑하는 내 님이 행복해하는 것이라고
내 님이 행복해하는 동안
나는 돌아서
눈물을 펑펑 흘리는 것이라고
그 눈물과 함께 기다리는 것이라고

언제나 내게
미소만 주는 당신

같이 있고 싶어
밤을 같이 하고 싶어
이 가슴이 터질 거 같아

함께 있을 때 웃음이 나오지 않는 사람과는 결코 진정한 사랑에 빠질 수 없다.
_ 아그네스 리플라이어

가고 싶어

오늘 같은 날은
내게 걸린 모든 걸 벗어 버리고
가고 싶어

오늘처럼
내 가슴에 가을 향이 가득 차면
도무지 아무것도 할 수 없어

오늘처럼
가을바람에서 그대의 체취가 나면
그리움에 견딜 수가 없어

오늘 같은 날은
내게 걸린 모든 걸 벗어 버리고
가고 싶어 달려가고 싶어

더 깊은 사랑

삶의 이파리가
시간에 따라 변하듯
사랑도 시간에 따라
변할 수 있습니다

삶의 이파리가
봄, 여름, 가을, 겨울 동안
색깔을 달리하며 순환을 반복하듯
사랑의 감정도
기쁨, 노여움, 슬픔, 즐거움 등이
순환하고 반복됩니다

삶과 사랑이
항상 봄이 아니고 기쁘지 않은 것은
자연 이치입니다

인간은 자연 현상을
거스를 수 없는
미약한 존재입니다

왜냐면, 자연 현상은
세상 만물을 창조하신 분의
절대 주권에 해당되기 때문입니다.

그러니 삶과 사랑이
혹여 겨울과 아픔 속에 있다 하더라도
낙심하거나 힘들어하지 마세요

우여곡절의 삶도 이겨내면
꽃 피는 봄을 맞이하듯
사랑하는 사람 때문에 번민하는 것은
더 깊은 사랑을 하기 위한
전조 현상입니다

지식은 배움으로, 신뢰는 의심으로, 기술은 실습으로, 사랑은 사랑으로 얻는다.
_ T. 스자츠

나만의 사랑

이제엔
작년 가을이
돼버렸지만
그때
"사랑해"라고
고백하지 못했어

보고픔에
잠을 못 이뤄
긴긴밤 뒤척이며
뜬눈으로
지새웠어

뜬구름만 보고
뜬소리만 듣고
나 홀로
이 사랑을 접었어

단 한 번만이라도
이 가슴을
전했더라면
이처럼
피를 말리는 아쉬움,
그리고 미련은
없었을 거야

그녀의 주위에서
뱅뱅 맴돌다
나만의 사랑은
바람 되어
어디론가 사라졌어

한 때 사랑하고 이별해 보는 것이 전혀 사랑해 보지 않은 것보다 훨씬 값지다.
_ 익명

왜 당신만

지금 떨어지는 빠알간 낙엽
보이시나요
당신과 함께 바라보던
그 낙엽이에요

이 오솔길을
기억하시나요
당신과 손을 잡고 걷던
이 길 기억 하시나요

빠알간 낙엽도
오솔길도
그대로인데
왜 당신만 없는 건가요

당신은,
제가 당신을 그리워하는 것처럼
저를 보고 싶어 하시나요

바람이 불어요
눈물이 나요

바람이 불어 눈물이 나는 건가요
왜 당신만 없는 거예요

다른 사람으로부터 사랑받지 못하는 사람은, 다른 사람을 사랑하지 않는다.
_ 라파데르

돌아설 수 있어요

고개 들어
나를 보아요

나는 이렇게
웃고 있잖아요

우리 사랑
이젠 끝이라 해도
나는 이렇게
웃을 수 있어요

눈을 감고
지난 추억을
그려 보아요

나는 이렇게
돌이켜 보잖아요

바람 불어와도
비가 쏟아져도
우린 웃었잖아요

낙엽 떨어져도
눈이 내리어도
우린 좋았잖아요

우리 사랑
정말 아름다웠기에
나는 이렇게
돌아설 수 있어요

사랑의 비극이란 없다. 비극은 사랑이 없는 곳에만 존재한다.
_ 테스카

그대가 없는

그대와
서로 모르는 사이로
돌아갔습니다

참으로
먼 여행을
다녀온 듯
지쳐 누웠습니다

천장에 그려지는
그대가 싫어서
돌아누워 버렸습니다

그대가 없는
제 가슴이
뻥 뚫린 듯합니다

그대는 아직도
제겐 태양이건만
세상은
온통 칠흑입니다

저를 지켜주던
저 태양은
이제 제 것이
아닙니다

가슴이 시립니다
가슴이 아픕니다
가슴이 소리 없이 웁니다

만유인력은 사랑에 빠진 사람을 책임지지 않는다.
_ 알버트 아인슈타인

그 말이 틀렸나요

열 손가락이 마비되었을까
피로에 지치어 깊은 잠에 빠지었나
가슴은 오늘도 애타게 그대를 부르는데
행동대원들은 꿈쩍하질 않아요

잊으려 잊으려
타 가는 가슴 문지르고
슬픔에 울려고 손수건 준비해도
유아들이 쳐다보는 듯하여 허둥허둥

잠을 청하면
시간은 또 내일로 도망갈 텐데
매일매일
가여운 이 가슴만을 태워요

시간이 내일로 갈수록
그의 얼굴 뚜렷해짐은
그 말이 틀렸나요

오늘이 내일 되고 내일이 또 내일 되고
인연이 아닌 사람의 얼굴은
흐릿한 꿈과 같다더니

흐르는 시간 속에
그가, 그대가
오히려 전부가 되고 있어요

사랑의 고뇌처럼 달콤한 것은 없고, 사랑의 슬픔처럼 즐거운 것은 없으며, 사
랑의 괴로움처럼 기쁜 것은 없고, 사랑으로 죽는 것만큼 행복한 일은 없다.
_ 모리쓰 아른트

이별이 슬픈 것은

이별은
사랑했던 사람과 헤어져서
슬픈 게 아닙니다

이별이 슬픈 것은
사랑했던 사람의 기억에서
내가 사라지기 때문입니다

이별을 하고도
사랑했던 사람은
언제나 볼 수 있습니다

단지 그 사람의 마음속에
내가 없기 때문에
아름다운 하얀 드레스를 입은
마네킹에 불과한 것입니다

그래서 이별은
슬픕니다
아픕니다
아립니다

사랑하는 사람이 있다면
지금부터라도 잘하세요

사랑하고 이별하는 것이, 전혀 사랑하지 않는 것보다 낫다.
_ 알렉산더 테니슨

사랑했었다면

사랑하는 사람과
긴 시간을 함께 하다보면
나의 모든 감정을 숨긴다 해도
상대는 알 수가 있습니다

내가 거짓으로 언행을 하는지
참인 것을 아닌 것처럼 하는지

서로 그 마음을 알면서도
내가 사랑하는 사람이
정말 나를 아는지 시험하기 위해
때로는 진심과 다르게
동작할 수 있습니다

하지만 가장 슬프고 아쉬운 것은
그런 투정을 부리는 내가 싫다고
소리 없이 떠나는 것입니다

떠나는 것은 도리가 없지만
진정 나를 사랑했었다면
떠날 때 인사를 하는 것입니다
사랑하지 않았기에
말없이 가는 것입니다

단 하루라도 사랑했었다면
인사를 하세요.
인사는 지난날에 대한
서로 간의 예의입니다

사랑하고 그것을 이루는 것은 최고의 것이다. 사랑하고 그것을 잃는 것이 그다
음으로 최고의 것이다.
_ 윌리엄 테커레이

이 밤이 지나면

슬픈 음악이
나의 가슴 속으로
달콤하였던 지난 추억이
나의 가슴 속으로

이 밤이 지나면
그대,
노란 장미처럼 어여쁜 그대와
타인이 된다는 사실이
정말 믿어지질 않아

일곱 색 무지갯빛보다
더욱 아름다웠던 그대의 분홍빛 입술이
세상에서 가장 존귀한 다이아몬드보다
더욱 소중했던 그대의 맑은 눈동자가

이 밤이 지나면
그대,
사랑했던 그대가
지나가는 바람결이라니

그대여…
사랑했던 과거 사이로만 기억되긴
정말 싫어요

사랑이란 상실이며 단념이다. 모든 것을 남에게 주어 버렸을 때 사랑은 더욱
풍부해진다.
_ 구코

그대를 잊겠어요

아무런
미련 없이
아무런
아픔 없이
돌아설 수 있다면
난 어김없이
그대를 잊겠어요

옛일에 얽매이어
연결될 리 없는
우리의 인연을
억지로 맺을 수는
없잖아요

그대가 나를 욕하여도
세상 인간이 우리의 갈라짐에
안타까움을 보여도
아무런 미련, 아픔 없이
돌아설 수 있다면
난 어김없이
그대를 잊겠어요

널 잊기 위해

널 잊기 위해
온종일 다른 것만 생각해

널 내게서 떨치기 위해
일부러 힘든 일만 찾아

널 잊은 거 같아서
널 떨친 거 같아서
이젠 쉬려고 의자를 찾았지

아아, 또 그려지는 너의 얼굴
가슴이 그냥 시려

안보기 위해 눈을 감으면
가슴 속에 너는 앉아 있어

시간이 흐르면
잊을 수 있다고
떨칠 수도 있다고 말했던 너

내 맘속에 앉아 있는 네가
나도 모르게 가 주었으면
좋겠어

왜 내게 시계는
항상 멈춰있는지
네가 가르쳐 주었으면
좋겠어

우리는 완벽한 사람을 만남으로써 사랑하게 되는 것이 아니라, 불완전한 사람
이 완벽하게 보이게 되는 것을 배움으로써 사랑하게 된다.
_ 익명

당신도 저처럼

당신도 저처럼
힘들어하시나요

하루 또 하루
짧아지는 제 생만큼
당신을 향한 마음은
더욱 간절한데

왜 저는
그리움에
울어야 하나요

당신만 생각하면
가슴이 아파요

너무 너무 아파서
당신께 달려가고 싶어요

이 아픈 가슴을
다 열어 보여주고 싶어요

하지만 알아요
주지도, 받지도 못하는
당신이라는 걸…

당신이 속 시원히
말해 주실래요

서로 사랑하면서도
서로를 가질 수 없는
그 이유요…

죽음보다도 강력한 것은 이성이 아니라 사랑이다.
_ 익명

당신은 저처럼

당신은 모릅니다
제가 아파서 누워 있을 때
제일 먼저 생각나는 사람이
당신이라는 걸

저는 아파서도 당신을 그리워하는데
당신은 당신의 몸이 아프지 않아도
저를 생각하지 않죠

사랑은
자신이 아파도 아프지 않아도
그 어떤 경우라 해도
상대를 생각하는 것이라고
누군가 말을 해주더군요

하지만 절 생각하지 않는 당신이
밉지 않은 것은 왜일까요
그것도 사랑이라고 그가
이어서 말을 해주더군요

당신 아시죠
당신의 맘이 지금 어딜 향하고 있든
그런 당신이 이 세상에 존재하는 것만으로도
저는 아무리 아파도 참을 수 있다는 거

당신,
당신 맘이 절 향하지 않아서 슬프지만
당신은 저처럼 아프지 마세요

사랑은 눈으로 보이는 게 아니라 마음으로 보인다. 그러므로 사랑은 눈먼 큐피
트이다.

_ 셰익스피어

내 님을 그리며

이렇게 비가 내리면
내 님이 올 거 같아요

이미 떠나 버린 내 님이
꼭 올 거 같아서
내 님이 비를 맞으면
추울 거 같아서
님이 오실 길모퉁이에
우산을 준비해 두네요

나는 그냥 비를
맞을래요.
혹여 내 님이
그런 나를 보고서
'아직도 울고 있니?' 하고 물으면
'아니야. 비 때문이야…'라고
답하려고요

비를 핑계로 보고 싶은
내 님을 그리며
한없이 울고 싶어요.
이렇게 비가 내리면…

사랑하는 그대여 1

세상은 모두 잠들어
까만 그림 됐는데
왜 나만 잠을 못 이뤄
이렇게 애를 태우나

그대여,
사랑하는 그대여
왜 나만 애를 태우나
왜 나만 눈물 흘리나
눈물이 나요
눈물이 나요
그대 생각에 눈물이 나요

그대와 이별하는 날
그날은 바람이 불어
낙엽이 우수수 떨어졌어요
그대는 한 잎 주워들고
눈을 감고 있었죠

그대여,
지금도 사랑하는 그대여
왜 나만 애를 태우나
왜 나만 눈물 흘리나
눈물이 나요
눈물이 나요
그대 생각에 눈물이 나요

사랑이나 시에는 기술이 필요하지 않다. 시인은 하늘이 만들어 내는 것이고,
연인은 사랑이 만들어 내는 것이다.
_ 틸소 데. 모리나

사랑하는 그대여 2

이젠, 가려고 해요
사라지려 해요
그대를 두고
발걸음이 떨어지지 않아요
하지만 가야 해요
사라져야 해요

무엇이
우리 사이를 가르는지
아직도 잘 모르겠어요
모르면서 가야 하는, 사라지려 하니
가슴이 아프네요
눈물이 예고 없이
펑펑 흘러내리네요

제가 없어도
항상 제자리에 있을 그대가
많이 보고플 거예요
참고 이겨 볼래요

후에 아니, 내가 죽어 다시
태어난다면
그땐 그대를 지금처럼 두고
가는, 사라지는
그런 일을 없을 거예요

사랑하는 그대여
내가 돌아올 그날까지
이 자리에 꼭 계세요

사랑은 사람들을 치료한다. 사랑을 받는 사람, 사랑을 주는 사람 할 것 없이.
_ K. A. 매닝거

사랑을 하게 되면

누구나
사랑을 하게 되면
상대에게
나의 모든 걸 주고 싶어 한다
시간도
물질도
몸과 마음도

시간이 흐르면서
사랑은 차츰 식어 가는데
주었던 모든 것을
거둬들이고 싶어진다
시간도
물질도
몸과 마음도

사랑을 할 때는
내 삶의 기준이
상대에게 있다
시간
물질
몸과 마음까지

사랑이 식으면
그 기준은 그가 아닌
나로 바뀐다
시간
물질
몸과 마음까지

그래서 사랑은 슬프다
하지만 사랑은 그 슬픔을
이겨내야
더 큰 사랑이
찾아온다

실제로 느끼지 못하는 사랑을 느끼는 척하지 말라. 사랑은 우리가 좌지우지할
수 없다.
_ 앨런 왓츠

사랑하니까

아프다
얼굴이 아프다

아프다
가슴이 아프다

사랑하면
아프다
사랑하지 않으면
아플 일이 없다

님도 나도
아프다

님이 내게
아파도 좋다고 했다
나도 님에게
아파도 좋다고 했다

님도 나도
아파도 좋다
사랑하니까

그리고
삶

'인간이 산다는 것은 곧 사랑한다는 것이고 사랑하지 않는다는 것은
살지 않는다는 것과 같다.'

— 루소 *Rousseau* —

멈출 수 없는 게 사랑이다

사랑은 사람이다
사람은 사랑이다

사랑한다는 건,
내 생명이 콩닥거리는 증표요
산다는 건,
내 사랑 찾아 나선 기약 없는 유랑이다

사랑을 멈춘다는 건,
푸른 숲에서 홀로 뒹구는 낙엽이요
죽음은,
단 한 송이 장미와도 이별이다

사랑과 사람은 태생부터 하나다
그래서 어두운 골목에 홀로 남겨져
흐느적거리더라도
멈출 수 없는 게다
사랑이니까
사람이니까…….

사랑하는 사람 때문에 사는 거예요

님, 버스 창밖을 보세요
무수한 네온사인이
나를 유혹하며 부르고 있지요
외로운 내게
보이는 모든 것이 벗으로 여겨지지만
이 밤이 지나면 그들은
단 한마디 말도 없이 다 사라져요

님이 슬플 때나 허전할 때
사랑하는 사람은
눈에 보이진 않지만
내 맘에 있는 거예요

님, 눈에 보이는 거
다 바람에 불과해요
진짜는 내 맘에 있는 거지요
그러니 창밖으로 보이는
호화찬란한 세상의 불빛으로
나를 이겨내려 마시고
내 맘 안에서 나를 지탱케 해주는
사랑하는 사람을
밀어내려 마세요

님, 단 한 번뿐인 우리 삶은
돈이나 권력이나 명예 등으로
생명을 이어가는 게 아니라
내 맘 안에서 나를 위해 기도하는
나를 사랑하는 사람 때문에
사는 거예요

사랑은 해야 한다. 멈출 수 없는 게 사랑이다. 사람이 사는 이유다.
_ 백대현

그게 사랑인 거예요

도시에 나가 본 적 있으시죠
사람이 참 많지요

아스팔트를 벤치 삼아
잠깐만 앉아 보실래요

오가는 저 수많은 사람들의 얼굴
한 번씩만 나의 눈동자에 그려 보세요
당신이 아는 얼굴 있나요

혹여 눈 맞춤 한 사람 중에
당신이 아스팔트 위에 앉아 있는 모습
계속 봐주는 사람 있나요

당신의 가족
당신의 이웃, 친구, 선후배들은
어디에 있나요

그래요
나와 연고가 있든 없든
나는 항상 세상에 덩그러니 혼자 있는 거예요

그래요
내가 세상에 존재하든 후에 먼지가 되든
사람들이나 세상은
여전히 제자리에 있을 겁니다

참 슬프지 않나요
이 넓은 세상에 홀로 머물다 홀로 가는 거

나, 그리고 당신
홀로 머물다 가기엔 너무 아깝잖아요

나, 그리고 당신
사랑하는 사람 있으시죠
없으면 얼른 일어나 찾으세요

나, 그리고 당신
우리 지금부터라도
단 한 번뿐인 세상 함께 웃으며 가요
그게 사는 거고 사랑인 거예요

나이가 들어도 사랑을 막을 수는 없다. 하지만 사랑은 노화를 어느 정도 막을
수 있다.
_ 잔느 모로

사랑하는 사람과

지금처럼
비가 억수로 내리면
사랑하는 사람과
커피 한 잔 앞에 두고
얘기하는 게 좋습니다

눈앞에 파란 바다가 있거나
등 뒤에 푸른 숲이 있으면 더욱 좋지만
비만 있어도 만족합니다

봄에는
각자의 색깔로 웃고 있는 꽃들을
여름에는
뜨거운 태양에도 뛰노는 파도를
가을에는
바람에 나부끼는 낙엽을
겨울에는
하늘거리는 눈꽃송이를

이런 자연을 내게 준
조물주께 감사합니다
또 하나 감사한 것은
자연을 앞에 두고
사랑하는 사람과
사랑의 대화를 나누는 건
말로 표현치 못할 큰 감사거리입니다

오늘 같은 날은
사랑하는 사람과 반시각만이라도
핑크빛 맘을 나눠 보고 싶습니다

바다에는 진주가 있고, 하늘에는 별이 있다. 그러나 내 마음, 내 마음, 내 마음
에는 사랑이 있다.
_ H. W. 롱펠로

또 사랑하고 싶어

사랑하는 비가
쉬지 않고 내리더니
지금은 다 사라져 버렸네

흘러가는 것을
한 줌도 잡아보지 못하고
온종일 멍하니 지켜만 보았지

비가 내려도, 사라져도
이젠 예전처럼
사랑하고픈 맘이 나질 않아
왜일까

싸구려 커피 한 잔 들고
그 이유를 찾아보려고
눈을 감네

나이가 들어선가
아니면 사는 게 힘들어
예전의 나를
그 비에 전부 태워 보낸 걸까

아니야, 그나마 다행이야
사라져 버린 비를
잠시라도 그리워하는
소박한 마음을 갖고 있다는 게

사랑하는 비가
다시 내렸으면 좋겠어
또 사랑하고 싶어

겁쟁이는 사랑을 드러낼 능력이 없다. 사랑은 용기 있는 자의 특권이다.
_ 마하트마 간디

그건, 사랑일 거야

사람들 가슴 속에는
제각기 나이테가 존재하지

시간과의 결투 속에서
때론 이겨서 기쁠 때가 있었고
어쩔 때는 한없이 무너지는
자신의 모습 속에서
홀로 방구석에서 눈물로 지새운 적도
많았던 거 같아

기쁘고 화나고 슬프고 즐거워도
뭔가 알 수 없는 목마름에
내가 할 수 없는 것이
참으로 많다는 것을 알게 되었지

해결하기 위해 해결 받기 위해
몸부림쳤던 그 초라함

저 바다를 보며
고함으로 내 몸에 묻어있는
찌꺼기를 털어버리려 한 적도 많았어

이것이 인생인가
인생의 참을 알게 해주는 것은
어디에 있는가
내 나이테를 아름답게 만들려면
무엇이 필요한가

그건, 사랑일 거야….

사랑은 봄에 피는 꽃과 같다. 그래서 메마른 폐허나 오막살이 집일지라도 희망
과, 훈훈한 향기를 품게 해준다.
_ 귀스타브 플로베르

사랑을 하라고

여기 앉아 저 건너를 보면
이토록 아름다운데

저 숲에 들어가면
왜 힘들지

바깥에서 보면 모두가 웃는데
왜 가슴들은 울고 있는 거야

아아, 그래서 이런 벤치는
이 자리에 덩그러니 있는 거야

나 같은 사람들이
잠시 앉아 쉬어 가라고
생각해 보라고
사랑을 하라고

사랑도 이와 같지요

봄비가 내리 길래
우산을 들고
얼른 바깥으로 나갔네요

봄비를 나르는 바람이
나를 보고
멋이 없다고
들었던 우산을 가져가네요

봄비가 얼굴로 해서
옷을 적시네요

내 우산을 가져간
바람을 욕할까요

아니면 봄을 제대로
맞이하라는 우산에게
고마워할까요

봄은 봄다워야 하고
여름은 여름대로
가을도 겨울도 제 멋이
있어야 하잖아요

봄이 예전의 봄이 아닌 거 같아
시큰둥하던 내게
바람이 알고 내 우산을
돌려주지 않는 거예요

그렇지요
예전과 좀 다르다 해서
미워한다는 건
봄이 예전의 봄이 아니라기보단
내 마음이 전과 달라졌다는 거지요

사랑도 이와 같지요
사랑할 사람이 없다고
세상을 원망할 게 아니라
나 스스로 찾아 나서야 하는 거지요

사소한 자연의 움직임이
내게 큰 깨달음을 주네요

사랑은 멈추지 마세요

사람의 마음은 보이지 않아서
마음의 색깔을 알 수 없어요

내 마음도 다른 이에게 보이지 않아서
시시각각 색을 다르게
색칠할 수 있어요

마음에 쌓였던 것이
밖으로 나오다 보면
생각이란 것이 이미 개입해서
다른 색으로 표현될 수 있어요
그래서 상대의 마음을 알기가
무척 힘들어요

사랑하는 사이도 같아요
그래서 사랑을 하게 되면
하루에도 여러 번 울고 웃고를
반복하게 되지요

사랑은 참 나빠요
단 한 번의 짧은 생인데
서로 즐겁고 행복한 일만 있으면 좋으련만
왜 크고 작은 아픔과 상처를 주는지요

그래도 사랑은 해야 해요
멈출 수 없는 게 사랑이에요
사람이 살아가는 이유이기도 하고요

지금도 사랑하는 사람이 있다면,
내 맘을 제대로 알아주지 않아서
섭섭함이 생긴다거나
또 오해가 생겨서
잠을 이루지 못하더라도
사랑은 멈추지 마세요
사랑은 그런 것이니까요

인생에서 최고의 행복은 사랑받고 있다는 확신을 갖고 있을 때이다.
_ 빅터 휴고

마무리하면서…

일반인에게 '사랑'을 정의해 보라면, 대부분 희망, 기쁨, 즐거움 등으로 긍정적 감정을 표현하는 비율이 높은 편이다. 그러나 어느 작가가 'LOVE'의 의미를 간략하게 설명한 내용을 보면 그 분위기가 사뭇 다르다.

L은 Laugh의 L자로 '어떤 일을 이룬 후에 함께 소리 내어 웃어라.'이고, O는 Ok의 O자로 '항상 상대방을 인정하고 긍정적으로 좋게 받아들여라.'이며, V는 Victory의 V자로 '상대방의 고통을 함께 하면서 이겨 내자.', E는 Enjoy의 E자로 '기쁨이나 슬픔 등을 함께 나누어라.'란 의미를 내포하고 있다. 즉 LOVE는, 나와 네가 뭔가를 이루어 가며 삶의 태양을 함께 보는 데 있다.

루소(Rousseau)는, '인간이 산다는 것은 곧 사랑한다는 것이고 사랑하지 않는다는 것은 살지 않는다는 것과 같다.' 즉 삶은 사랑이 있기 때문에 기쁨이나 즐거움, 행복이 있고 사랑이 없거나 못하면, 삶의 의미도 없고 영혼은 황폐해질 것이라는 말로 사랑을 인간의 삶에 필수 조건이라고 주장했다.

M. 스캇펫도 루소와 비슷한 맥락으로 말했다. 개인의 삶이 각자의 선택과 결정에 따라 성공과 실패로 구분되듯 사랑도 내가 하는 방법

에 따라 삶의 성공기준에 크게 작용한다고 본 것이다. 특히 사랑의 성공기준을 상대방 성장에 두어야 한다고 했다. 논어에 나온 애지욕기생과 같은 뜻이다.

동서양을 막론하고 사랑의 의미와 목적은, 나의 성장은 물론 동시에 상대방의 성장을 돕고 또한 성장하기 위해서는 감정보다는 노력하는 의지에 두어야 한다는 것을 강조하고 있다. 지금 사랑하는 사람이 있다면, 변화무쌍한 나의 기분이나 감정을 내세우는 것보다는 사랑하는 사람을 위해 먼저 행동으로 옮겨야 한다는 것이다. 이 말은 사랑은 나의 욕망만을 채우려 한다거나 내게만 맞추고자 하는 이기적, 배반적인 자세가 아닌 사랑하는 사람의 입장을 절대적으로 배려해야 하는 것을 말한다.

'LOVE'란 단어의 의미 속에 사랑하는 두 사람이 밝음과 어둠을 함께 해야 하는 것을 가리키고 있다면, 루소와 스캇펫은 사랑을 하는 것이 인간으로서의 기본적인 삶이고 또 어떤 방법으로 해야 하는지 그 자세를 좀 더 정확하게 제시하고 있다.

물론 안타깝게도 사랑하는 사이는 계절의 변화처럼 시간이 흐르면서 여러 변인으로 인하여 사랑의 강도도 달라진다. 강도가 달라진다는 것은, 마음의 변화다. 그런 변화는 자연도 인간도 어떤 힘에 의해 흘러가고 스러져가는 것을 말한다. 사실 사랑의 변화는 내 자유의지가 아니고 그 어떤 힘에 의해 피어나고 또 꺼진다는 것이다. 이 말은, 사랑은 내가 원한다고 내가 원하지 않는다고 하고 말고가 아니라 이미 조물주에 의해 계획되어 있다는 뜻으로 봐도 무방하다.

처음에 언급했던 내용을 다시 반복해서 강조해 보면, '사랑과 이별, 그에 따르는 고통은 삶의 과정'이다. 사랑을 하면 매일 기쁘고 즐거운 게 아니고 필연적으로 슬프거나 아픔이 따른다고 했다. 어느 누가 기쁨과 즐거움만을 향유하려하지 일부러 슬픔과 아픔을 선택하겠는가 이 말이다.

이 말은, 사랑은 나의 생각이나 경험으로 선택하고 결정 또는 시작과 중단을 임의로 할 수 없는 나의 한계를 뛰어넘는 인간의 초월적, 근원적 감정이요 인간의 힘으로 좌지우지할 수 없는 정신과 마음의 세계, 즉 영적 세계로 이해하면 될 것 같다.

인간이면 누구나 누가 먼저라 할 것 없이 이별할 날이 올 것이다. 생명이 다해서 아니면 어떤 사정 때문이라 해도 인간에게 이별은 분명히 오고 동시에 고통도 이어진다. 바다가 밀물과 썰물이 있듯이 사랑이 들어오거나 나가는 것도 자연 이치이기 때문이다.

이렇게 사랑은 하얀 바람처럼 왔다가 검은 바람이 되어 내 곁을 떠난다. 이것이 우리의 삶인 것이다. 그러니 이별이 두려워 사랑을 시작하지 못했다면 루소의 말을 기억할 필요가 있고 지금 사랑의 진행이 어느 계절 자리에 있든지 사랑의 양면을 항상 염두에 두어야 한다.

'사랑하며 살자. 단 한 번뿐인 나의 삶을 풍요롭게 하기 위해서라도…….'

사랑의 명언

사랑은 봄에 피는 꽃과 같다. 그래서 메마른 폐허나 오막살이 집일지라도 희망과, 훈훈한 향기를 품게 해준다.
_ **귀스타브 플로베르**

사랑도 고통 없는 사랑이 없고 사랑이 시작되면 고통도 시작되며 고통이 없으면 이미 사랑이 아니다.
_ **괴테**

사랑하는 여자를 군세게 보호할 수 있는 자만이 사랑하는 그 여자의 사랑을 받을 가치가 있다.
_ **괴테**

인간이 산다는 것은 곧 사랑한다는 것이고 사랑하지 않는다는 것은 살지 않는다는 것과 같다.
_ **루소**

만약에 내가 사랑이 무엇인지 안다면 그것은 당신 때문이다.
_ **헤르만 헤세**

중요한 것은 사랑을 받는 것이 아니라 사랑을 하는 것이었다.
_ **서머셋**

사랑하는 것은 천국을 살짝 엿보는 것이다.
_ 카렌 선드

사랑의 힘은 사랑을 몸소 경험해 볼 때가 아니면 알 수 없다.
_ 아베 플레보

나는 한 가지 책임만 아는데 그것은 사랑하는 것이다.
_ 알베르 카뮈

사랑이란 한 남자가 한 여자에게서만 만족을 얻으려는 노력이다.
_ 폴 제라르니

사랑의 고통은 다른 어떠한 즐거움보다 달콤하다.
_ 죤 드라이든

사랑받고 싶다면 사랑하라, 그리고 사랑스럽게 행동하라
_ 벤자민 프랭클린

우리는 오로지 사랑을 함으로써 사랑을 배울 수 있다.
_ 아이리스 머독

사랑은 자신 이외에 다른 것도 존재한다는 사실을 어렵사리 깨닫는 것이다.
_ 아이리스 머독

사랑에 의한 상처는 더 많이 사랑함으로써 치유된다.
_ 헨리 데이비드 소로우

강력한 사랑은 판단하지 않는다. 주기만 할 뿐이다.

_ 마더 테레사

가장 끔찍한 빈곤은 외로움과 사랑받지 못한다는 느낌이다.

_ 마더 테레사

사랑이란 서로 마주 보는 것이 아니라, 둘이서 똑같은 방향을 내다보는 것이다.

_ 생텍쥐페리

지혜로운 자는 사랑하고, 그렇지 않은 자들은 탐한다.

_ 아프라니우스

미숙한 사랑은 당신이 필요해서 당신을 사랑한다고 하지만 성숙한 사랑은 사랑하니까 당신이 필요하다고 한다.

_ 윈스턴 처칠

사랑에는 세 종류가 있다. 첫째 아름다운 사랑, 둘째 헌신적인 사랑, 셋째 활동적인 사랑.

_ 톨스토이

사랑이란 자기희생이다. 이것은 우연에 의존하지 않는 유일한 행복이다.

_ 톨스토이

사려분별이 있는 사랑을 하려는 따위의 남자는, 사랑에 대해서 손톱만큼도 알고 있지 못하다는 증거이다.

_ A. 콩트

사랑하면서 바보가 되지 않는 사람은 결코 사랑하면 현명해질 수 없다.
_ T. 라이크

사랑은 눈으로 보이는 게 아니라 마음으로 보인다. 그러므로 사랑은 눈먼 큐피트이다.
_ 셰익스피어

사랑은 내게 질문하지 않으며, 다만 끝없는 지지를 준다.
_ 셰익스피어

진정한 사랑은 자고로 순탄하지 않다.
_ 셰익스피어

사랑은 맹목적이다. 연인들은 자기 스스로 저지르는 어리석음을 잘 보지 못한다.
_ 셰익스피어

구해서 얻는 사랑은 좋다. 구하지 않았는데 얻는 사랑은 더욱 좋다.
_ 셰익스피어

사랑은 약속이며, 사랑은 주어지면 결코 잊을 수도 사라지지도 않는 선물이다.
_ 존 레논

사랑하고 이별하는 것이, 전혀 사랑하지 않는 것보다 낫다
_ 알렉산더 테니슨

사랑에는 항상 광기가 존재한다. 그러나 광기에는 항상 이유가 존재한다.
_ 프레드리히 니체

사랑으로 행해진 일은 언제나 악을 초월한다.
_ 프레드리히 니체

사랑하고 그것을 이루는 것은 최고의 것이다. 사랑하고 그것을 잃는 것이 그다음으로 최고의 것이다.
_ 윌리엄 테커레이

인생에서 최고의 행복은 사랑받고 있다는 확신을 갖고 있을 때이다.
_ 빅터 휴고

세상에서 가장 아름답고 최고의 것은 보거나 만질 수 없다. 가슴으로 느껴져야만 한다.
_ 헬렌 켈러

겁쟁이는 사랑을 드러낼 능력이 없다. 사랑은 용기 있는 자의 특권이다.
_ 마하트마 간디

함께 있을 때 웃음이 나오지 않는 사람과는 결코 진정한 사랑에 빠질 수 없다.
_ 아그네스 리플라이어

사랑이나 시에는 기술이 필요하지 않다. 시인은 하늘이 만들어 내는 것이고, 연인은 사랑이 만들어 내는 것이다.
_ 틸소 데. 모리나

지식은 배움으로, 신뢰는 의심으로, 기술은 실습으로, 사랑은 사랑으로 얻는다.

_ T. 스자츠

사랑은 사람을 치료한다. 사랑을 받는 사람, 사랑을 주는 사람 할 것 없이

_ K. A 매닝거

나이가 들어도 사랑을 막을 수는 없다. 하지만 사랑은 노화를 어느 정도 막을 수 있다.

_ 잔느 모로

실제로 느끼지 못하는 사랑을 느끼는 척하지 말라. 사랑은 우리가 좌지우지할 수 없다.

_ 앨런 왓츠

만유인력은 사랑에 빠진 사람을 책임지지 않는다.

_ 알버트 아인슈타인

바다에는 진주가 있고, 하늘에는 별이 있다. 그러나 내 마음, 내 마음, 내 마음에는 사랑이 있다.

_ H. W. 롱펠로

사랑은 마음의 즐거운 특권이다. 사랑은 모든 살아 있는 것의 이유이다.

_ P. J. 베일리

다른 사람으로부터 사랑받지 못하는 사람은, 다른 사람을 사랑하지 않는다.

_ 라파데르

사랑의 비극이란 없다. 비극은 사랑이 없는 곳에만 존재한다.
_ 테스카

사랑의 고뇌처럼 달콤한 것은 없고, 사랑의 슬픔처럼 즐거운 것은 없으며, 사랑의 괴로움처럼 기쁜 것은 없고, 사랑으로 죽는 것만큼 행복한 일은 없다.
_ 모리쓰 아른트

사랑이란 상실이며 단념이다. 모든 것을 남에게 주어 버렸을 때 사랑은 더욱 풍부해진다.
_ 구코

사랑은 사람이다. 사람은 사랑이다.
_ 백대현

사랑은 해야 한다. 멈출 수 없는 게 사랑이다. 사람이 사는 이유다.
_ 백대현

우리는 완벽한 사람을 만남으로써 사랑하게 되는 것이 아니라, 불완전한 사람이 완벽하게 보이게 되는 것을 배움으로써 사랑하게 된다.
_ 익명

한 때 사랑하고 이별해 보는 것이 전혀 사랑해 보지 않은 것보다 훨씬 값지다.
_ 익명

죽음보다도 강력한 것은 이성이 아니라 사랑이다.
_ 익명

사랑은 오래 참고 사랑은 온유하며 시기하지 아니하며 사랑은 자랑하지 아니하며 교만하지 아니하며 무례히 행하지 아니하며 자기의 유익을 구하지 아니하며 성내지 아니하며 악한 것을 생각하지 아니하며 불의를 기뻐하지 아니하며 진리와 함께 기뻐하고 모든 것을 참으며 모든 것을 믿으며 모든 것을 바라며 모든 것을 견디느니라.

_ **성경**(고전 13:4~7)